AF316736

înăuntru

O Călătorie Vizuală de Mindfulness pentru Copii Curioși

scrisă și ilustrată de
Roxana Chitanu

Publicată de Roxana Chitanu
ISBN: 9791221065121
Italia

Pentru N.,

*care a inspirat această idee
în momentele lungi de ținut în brațe,
legănat, povestit și cântat.*

Pentru C.,

*care nu încetează niciodată
să creadă în mine, chiar și atunci
când eu nu reușesc.*

După desișul de iarbă și flori,
unde-și deschide
soarele ochii,

Pe pietrele ude și alunecoase,
stă liniștit un melc mic.

Înăuntru ești tu.
Înăuntru e casa ta.

Înăuntru vei găsi multe
gânduri, sentimente și amintiri.

Uneori, înăuntru devine zgomotos de la atâtea gânduri!

Le auzi cum bâzâie ca un roi de albine.

Hmm. Nu-i tocmai bine.

Pune-le deoparte, spune mulțumesc și rămas bun.

Te vei simți mai ușor pe dinăuntru.

Câteodată, înăuntru se umple de
sentimente prea mari!

Le simți cum se încâlcesc în noduri complicate.

Lasă valurile să vină.

Fii curajos — simte bucuria, emoția sau încrederea.

Chiar și supărarea, dezgustul sau tristețea.

Alteori, devine ameţitor cu *amintiri* rătăcite.

Le vezi cum se fărâmițează în fire de nisip.

Dar nu-i   nimic.

Cele mai prețioase își vor găsi locul lor.

Șterge-le de praf din când în când.

Înăuntru ești tu.
Înăuntru e casa ta.

Înăuntru vei găsi
gânduri, sentimente și amintiri mai adevărate.

Despre Autoarea - Ilustratoare

Roxana Chitanu este o autoare și ilustratoare de carte pentru copii, care trăiește în Italia.

Lucrurile ei preferate din timpul copilăriei erau să citească și să deseneze în biblioteca bunicilor și să se uite la lumea de afară — de la furnici și pietre la nori și copaci.

Roxana este ilustratoarea cărții premiate "Where's My Joey?" scrisă de Wendy Winter. Odată cu nașterea fiicei sale, a devenit inspirată și să scrie, iar prima ei carte scrisă și ilustrată este "Înăuntru".

Urmăriți Lansări Noi de Carte, Oferte Speciale, Activități de Printat pentru Copii și alte noutăți pe site-ul oficial:

www.roxanachitanu.com

Notă de autor

"Înăuntru" descrie conceptele de *Mindfulness, Sine, Gânduri, Sentimente* și *Amintiri* într-un mod prietenos pentru copii, învățându-i să facă față emoțiilor și ajutându-i să devină mai echilibrați și mai conștienți de sine.

Sper că această carte cu următoarele activități gratuite de mindfulness vă va ajuta să explicați aceste concepte mai ușor copiilor voștri.

Activitate de Asociere

Folosing un creion, conectează fiecare imagine cu gândul descris

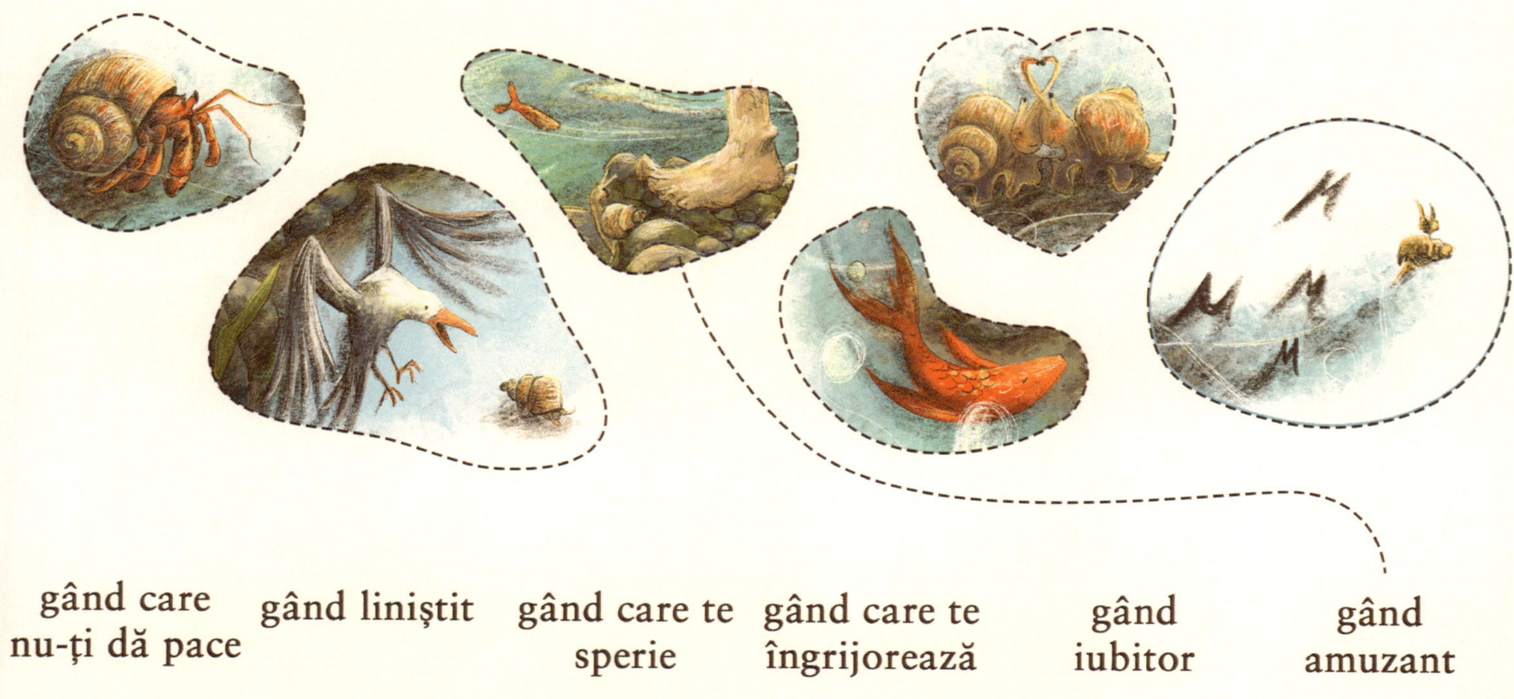

| gând care nu-ți dă pace | gând liniștit | gând care te sperie | gând care te îngrijorează | gând iubitor | gând amuzant |

Folosing un creion, conectează fiecare imagine cu sentimentul descris

| încredere | tristețe | entuziasm | supărare | dezgust | bucurie |

Folosind un creion, conectează fiecare imagine cu amintirea descrisă

amintirea unei melodii

amintirea unei atingeri

amintirea unui miros

amintirea unui moment

amintirea unei atingeri

amintirea unui gust

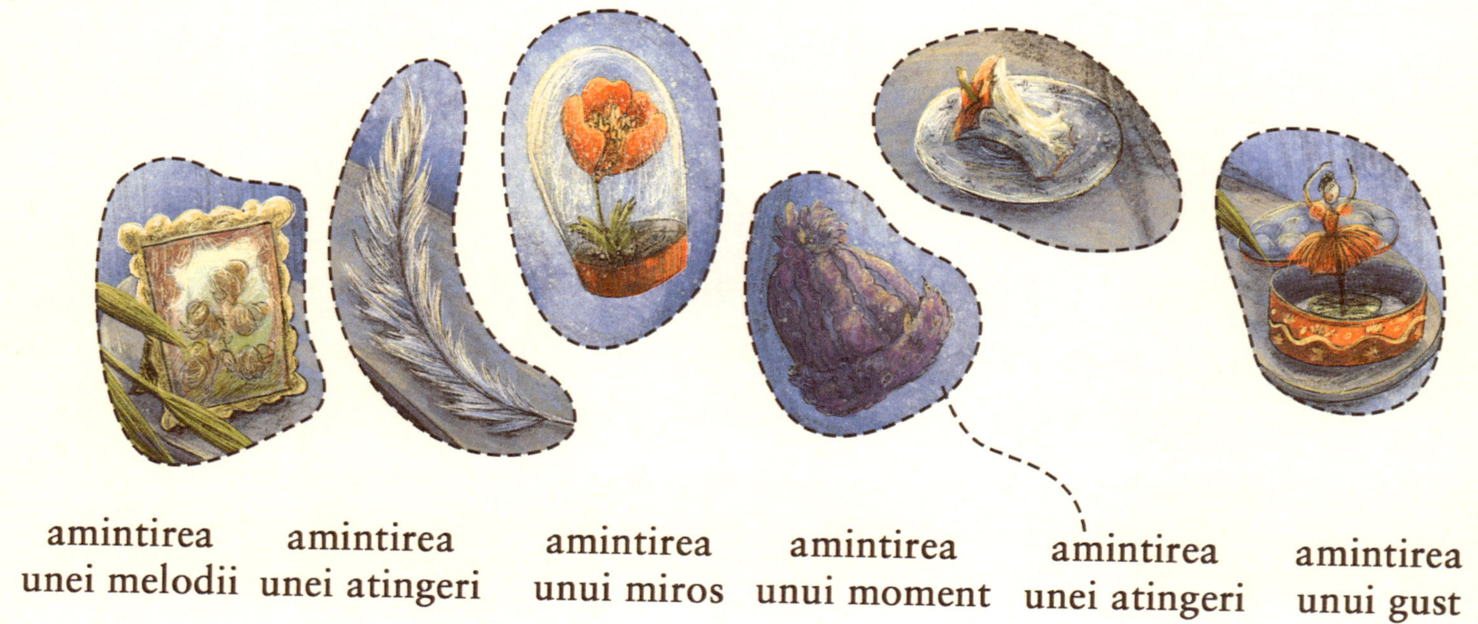

Activitate Artistică Mindful

Folosind creioane colorate sau carioci, trasează liniile de curcubeu de la exterior înspre interiorul cochiliei de melc.

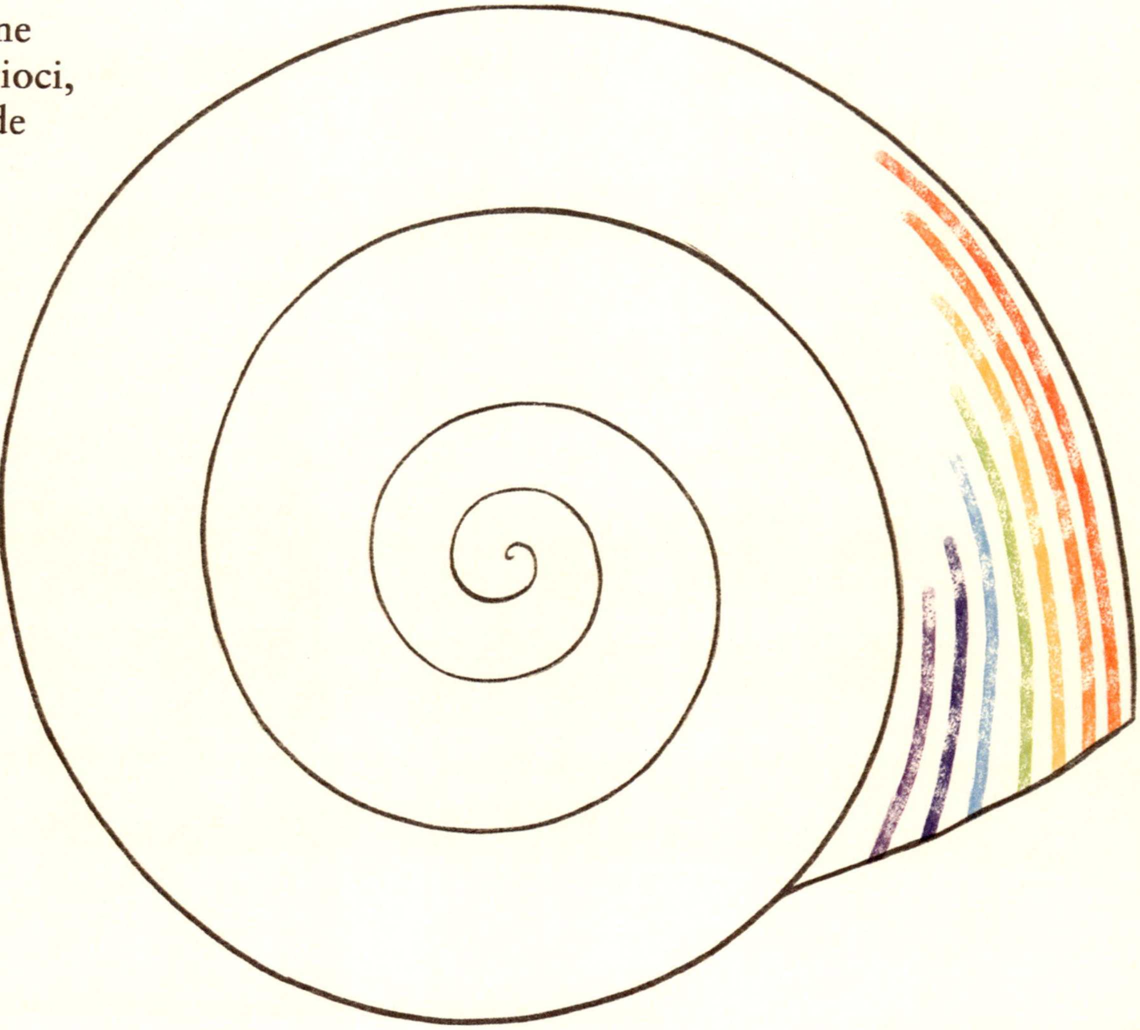

Carduri de Mindfulness

Pentru această activitate, ieșiți afară la o Vânătoare de Momente Mindful!

Try to see
the wind

Look at the clouds, trees and
grass and try to notice
the wind blowing.

Keep your eyes on the wind.

MINDFULNESS CARDS
by Roxana Chitanu for Inside Picture Book

www.roxanachitanu.com

Collect
3 smells

Look around and find three
different smells.

Examples: dirt, grass, flower

MINDFULNESS CARDS
by Roxana Chitanu for Inside Picture Book

www.roxanachitanu.com

+29 more
cards

and other book
related activities

MINDFULNESS CARDS
by Roxana Chitanu for Inside Picture Book

Pentru mai multe activități de mindfulness pentru copii, accesați website-ul meu:

www.roxanachitanu.com

sau, mai ușor, scanați codul QR de mai jos:

Lucrurile bune necesită timp.

Această carte a fost scrisă și ilustrată printre picături și cu multă răbdare, așa cum se formează și cochilia unui melc.

Dacă v-a plăcut, vă rog să lăsați o recenzie pe Amazon și Goodreads. Mulțumesc.

9 791221 065121